念舊的人不是不會道別，只是會說很久很久的再見。

於是，我們仍相信愛情

這一生，一定有那麼一個人，
值得我們用一顆柔軟的心等待

01 我愛上了一隻海龜

這是一隻海鷗告訴我的故事

「小生先生。」當海鷗小姐開口對我說話的時候，我以為我終於瘋了。

「小生先生，我有一件事想請你幫忙。」海鷗小姐拍拍她漂亮的白色翅膀，示意我把窗戶打開。

「等等，是妳會說人話，還是我聽得懂鳥語？因為我想確定到底誰比較瘋狂。」

讓我把事情搞清楚，有一隻海鷗在星期天早上十點半飛到我的窗邊，很有禮貌地開口請我幫她一個忙。

「小生先生，我愛上了一隻海龜。」

海鷗小姐似乎完全沒把我的疑惑當作一回事，我只好伸出我的手臂，把她接到我的寫字桌上，然後慎重地挺直了背，洗耳恭聽。

相信我，如果哪一天你突然發現自己聽得懂動物說話，那真的就像是在星期天早上打開窗戶一樣的自然。

因為牠們接下來要告訴你的故事，會讓你覺得聽得懂動物說話，是一件再普通不過的事情了。

「好吧，說說你們是怎麼相遇的。」我幫自己倒了杯咖啡，幫海鷗小姐拿了幾顆爆米花，雖然我不是很確定海鷗喜不喜歡吃爆米花。

「我想先從他的背開始。」海鷗小姐用她可愛的爪子在我的寫字桌上踩出喀喀喀的聲音，表示一切得按她的節奏來。

「好的，那就從他的背開始。」

和海鷗對話的第一課，不要以為你能主導對話。

「我最喜歡站在海龜先生的背上，要越冬的時候，我們要飛越一整片海洋到地球的另一端，常常到了傍晚還找不到一塊島，萬一到了晚上還沒有陸地，這樣就很糟糕。對了，海鷗不吃爆米花。」

「的確很糟糕。」我從來沒有想過候鳥遷徙時飛越一大片汪洋、沒地方休息會是個問題，被海鷗小姐這麼一說，我開始替她擔心起來。

糟糕，海鷗不吃爆米花。

「幸好遇到了海龜先生，他習慣在傍晚浮出海面，我們就有了休息的棲地。海龜先生的背很寬廣、厚實，給人一種可靠、安心的感覺……」

海鷗小姐說這句話的時候像個少女一樣害羞地低下頭，假裝梳理她已經夠整齊的羽毛。

「所以，妳偷偷暗戀海龜先生，想知道怎麼在一群海鷗裡脫穎而出？」我忍不住笑了起來。

要不是真的有一隻海鷗在我面前說話，海鷗喜歡上海龜本身實在是一件很荒謬的事情。

喜歡你寬廣、厚實的背，給了我一種可靠、安心的感覺。

「不是這樣的，還徙幾次之後，我們就相愛了，因為我們互相承諾。」

「互相承諾？」

「海龜先生答應只把背留給我，作為交換，而我要帶一樣陸地上的東西送給他。」

「這不能算是相愛，頂多只能算是搭便車吧？」我搔搔頭，不置可否。

「不是的，**我們相愛，因為我們互相獨佔。**」

「因為你們互相獨佔？」

「只有我會替他揀來海裡看不到的玫瑰，告訴他玫瑰的香氣是愛的意義；只有他會陪我看夕陽西沉跌落海平面，看月亮緩緩上升，在永恆裡分享當下。」

「原來如此，你們互相獨佔。」

我們相愛，是因為我們互相獨佔。

「對，我們互相獨佔！」海鷗小姐語氣中帶點驕傲地說。

「有一次我捨不得夕陽那麼快沉到海裡，我就要海龜先生潛到海底把它撈上來。」

「結果撈上來了嗎？」

「哈哈哈，當然沒有囉，但我發了好大一陣脾氣。小生先生不會以為夕陽是真的掉到海底了吧！」

被一隻會說話的海鷗揶揄自然科學常識不足，這可以算是人生中最荒謬的事情了。

「妳明知不可能，卻還是要對他發脾氣，真替海龜先生抱不平。」我決定反脣相譏，扳回一城。

「所以那天晚上他要我飛到天上摘星星，結果你猜怎麼著？」海鷗小姐張開翅膀在我房間滑翔了兩圈，停在我的肩上，像是要講一件很甜蜜的事情。

「該不會妳真的摘到了一顆星星吧？」

海鷗小姐睜大眼睛看著我。「當然不是！小生先生，你真是我見過最奇怪的人類。」

「對，不然怎麼會跟一隻海鷗說話。」

「只要你願意，就能跟任何動物說話。」

「我可沒有同意妳突然跑來敲我窗戶。」

「小生先生真的很幽默。」海鷗也懂我的幽默。

「天上的星星那麼遠，怎麼可能摘得到？但海龜先生叫我不要管，飛到天上就對了。等到我飛到天上，他叫我往下看，問我看到了什麼？」

海鷗小姐頓了頓：「我大喊，『臭烏龜，我只看到海和你。』」

「海龜先生要我再仔細看看他四周，我才發現深黑色的海水映著一顆顆閃閃發亮的星星，然後他說……」

「有妳在我身邊，就像是把整片星空裝進海洋一樣美好的事情。」

「是不是很浪漫？」海鷗小姐難掩興奮，所以又繞了我的房間三圈，花式降落在我的寫字桌上。

「實在是太會了。」海龜先生很會把妹。

「可是，我們不完全屬於彼此。」海鷗小姐突然感到失落的低下頭。

「為什麼這樣說？你們不是獨佔對方嗎？」

「我們一起隨著洋流旅行，在熱帶沙灘上見過熱情的椰子蟹，可是海龜先生沒辦法離開海邊太遠，進不了沙灘後面一整片的森林，看不到人類蓋的鐵塔；看不到可愛的浣熊和凶狠的老鷹；我們在海面上和飛魚先生打招呼，可是我從來沒有到海底看過鯊魚老大、膽小的海星還有美麗的珊瑚。」

「海鷗不能潛水。」我說。

「對，海鷗不能潛水，海龜不能翻山越嶺，我們進不到彼此的生活，看不到對方眼中的世界。」海鷗小姐很苦惱。

「但是你們獨佔，而且互相陪伴，這不是最重要的嗎？」

「但我想要和他一起生活。」

「旅行不是生活的一部份嗎？」

「怎麼會！生活是生活。」

「海龜先生也是這麼想嗎？」

「我不確定……」

看來問題逐漸明朗了，我反問道：「你怎麼知道他不確定呢？」

「小生先生，你知道海龜的平均壽命是一百五十歲，海鷗的平均壽命是二十四歲，我一定會比他早離開這個世界。所以海龜先生沒必要為了我改變什麼……」

海鷗小姐用她尖尖的小嘴在我的寫字桌上畫圈圈，話題突然嚴肅起來，我只能暗地裡心疼我的桌子。

「小生先生，你知道海龜最柔軟的地方是哪裡嗎？」海鷗小姐突然抬起頭來問了我一個沒來由的問題。

「龜頭？」我想也不想的直接回答。

「小生先生，請你正經點，我不喜歡這種玩笑。」海鷗小姐板起臉色糾正我，現在我知道海鷗很保守了，可是龜頭明明就是最軟的地方啊！

「腹部、是腹部！」海鷗小姐略顯激動地告訴我答案。

真的是腹部嗎？我心中還是打了個大大的問號，但是我不敢反問，海鷗小姐覺得是就是吧。

「但是他從來沒有把腹部面向我，所以我不確定他是不是真的愛我。」海鷗小姐難過得幾乎掉下淚來。

我試著安慰海鷗小姐：「也許只是海龜先生的背太重，沒辦法翻身。再說，妳在海平面上，怎麼可能看得到他的腹部？我的意思是：海龜先生沒有把腹部面向妳，不代表他不愛妳呀！」

「如果不能把最柔軟的地方交付，又怎麼能稱得上是愛呢？」海鷗小姐義正嚴詞地反駁。

「那妳最柔軟的地方是哪裡？」

「羽毛。」

海鷗小姐一定是來亂的。

「海鷗小姐，請妳不要開這種玩笑，妳少一根羽毛不會怎樣，可是海龜如果腹部朝天無法翻身，可是會死的。」

現在，換我扳起臉色糾正海鷗小姐了。

「海龜先生如果想要，我可以給他我全部的羽毛，那樣我就不能飛翔，等同於失去了自由；海龜先生如果在沙灘上翻身，我會幫他翻回來，一點也不危險。」

「海龜那麼重，妳沒試過怎麼確定妳翻得動？」

「但我確定我把羽毛拔光就會失去自由，這點我們的風險是一樣的。」

「……」

我無話可說，生平遇到第一隻會說話的海鷗，就是一隻伶牙俐齒的海鷗。

「重點是交付與信任。」海鷗小姐強調。

「小生先生，你有把最柔軟的地方交付給某人過嗎？」

我沒有說話。

因為我知道把心交出去卻只撿回碎片是什麼滋味，在海鷗小姐面前，我無法告訴她我有過。

有過，也傷過。

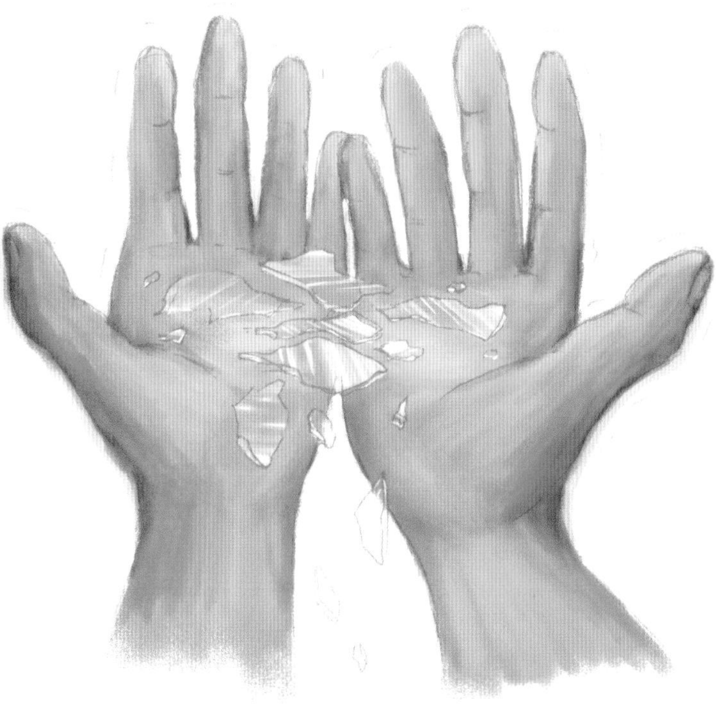

「讓我總結一下，你們互相陪伴，但彼此都進不去對方一部份的生活，妳願意為了他放棄自由，但不確定他願不願意為了妳放棄生命，所以來找我求助。」我很快地下了一個結論。

海鷗小姐搖搖頭：「不是這樣的，小生先生，我們已經想到了一個辦法。」

我坐直了身子說：「願聞其詳。」

「我在赤道附近找到了一座小島，島上的飛鼠告訴我島的名字叫做『帕拉帕拉』。」

「聽起來很像英文的 Paradise（天堂）。」

「哪裡像?!」

這海鷗除了中文，竟然英文也能通。

「但那裡確實像是人間仙境，沒有高山，沙灘旁邊就是棕梠樹和椰子樹，有我喝過世上最好喝的椰子水，再往內走就是一片小樹林，中間有一座瀑布和清澈見底的水池。島不大，海龜先生花四天就可以繞著外圍走完一圈，小生先生的話大概只需要一小時吧。」

「妳太過分了，這是拐著彎取笑我快。」我佯裝生氣。

「重點是，」海鷗小姐吸了一口氣，不打算理會我的玩笑話。「住在帕拉帕拉島，我就不用再越冬，海龜先生在水池裡的朋友，我也都認識。」

「但妳再也看不到高山、鐵塔、浣熊還有森林。」

「但我們生活在同一個世界。」

「妳從此以後失去了自由。」

「這方法不需要拔毛，不是很聰明嗎？」

我越來越欣賞海鷗小姐的幽默感了。

雖然我會從此失去自由，卻能和你生活在同一個世界。

「那海龜先生同意了嗎？」我眨眨眼看著海鷗小姐。

「當然，他一口答應。」海鷗小姐做了一個漂亮的後空翻。

「那還有什麼問題呢？」我開始覺得海鷗小姐只是想找我講講話而已。

「小生先生，問題出在我是海鷗，他是海龜。」

「這不是一開始就知道的事情？」

「我飛到帕拉帕拉島只要一個月，但海龜先生要花五年才游得到。」

「那妳站在海龜先生背上陪他一起去不就得了？」

「不行。」海鷗小姐搖搖頭。

「我們說好，當作是對彼此的試煉。」

我翻了翻白眼。

「耶穌說，不要試探妳的神；愛情說，我經不起考驗，你們真是一對自找麻煩的戀人。」

「我們動物跟你們人類不一樣！」海鷗小姐跺了跺右腳。

噢！我的寫字桌。

「既然不一樣，那為什麼來找我呢？」我笑著看向惱羞成怒的海鷗小姐。

「小生先生，我快死了。」海鷗小姐的態度忽然比原本的正經還要正經一百倍。

「妳生病了？」

「不算是。我今年已經二十四歲了，光是飛來找你就費了很大的力氣，身體狀況也一天比一天差，我怕我等不到海龜先生來的那一天。」

「妳一點也看不出來是一隻老海鷗，保養得真好。」

「嘻嘻，也許這就是愛情的魔力，期盼使人的心年輕。」

我剛證明了所有的雌性動物都喜歡被誇獎。

「所以，為防萬一，妳希望我代替妳守著海龜先生……現在是第幾年了？」我直接切入重點。

「第三年。」

「為什麼是我？」

「飛鼠介紹的。」

我根本不記得我幫過任何飛鼠！

「萬一海龜先生不出現怎麼辦？萬一他跟母海龜跑了怎麼辦？萬一……」我忍不住替海鷗小姐煩惱起來。

「小生先生，我們的愛不會有萬一。」海鷗小姐看著我的眼睛，我從來沒有看過那麼認真的眼神。

「好吧……那我有什麼好處？」我兩手一攤，投降輸一半。

「作為回報，你會得到愛的真諦。」海鷗小姐舞動她漂亮的羽毛，轉了一圈。

「其實妳可以現在告訴我。」

「重要的東西，要用心體會，不是嗎？」海鷗小姐跳到我的肩上。

兩個月後我在帕拉帕拉島的海灘，那地方小到我只要半小時就能走完。

02 帕拉帕拉島

這是我和一隻海鷗
在島上生活的故事

帕拉帕拉島在地圖上看不到，在地球儀上找不到，就算是從人造衛星往下看，也只不過像是藍色磁磚上一粒比跳蚤還要小一千倍的灰塵，對各國的國王來說，這座島沒有戰略價值、沒有天然資源，於是沒有一個國王在意。

真正美麗的地方，總是沒有人在意。

帕拉帕拉島小歸小，但是卻非常美麗。島的正中央有一座小瀑布，瀑布的腰間總是掛著一道彩虹，瀑布底下有一潭水池，我和海鷗小姐管它叫彩虹池。彩虹池清澈見底，一眼就能看到水底的石頭和小魚，我花了一些時間，在彩虹池旁搭了一間簡單的小木屋。

彩虹池周圍被一片森林包圍，森林裡住著許多和善的動物，海鷗小姐第一個帶我認識的就是飛鼠夫婦。

「這就是妳的海龜先生嗎？」飛鼠太太興奮地打量著我。

「海龜原來只有兩隻腳！」飛鼠先生若有所悟地說。

「不是，不是！他是小生先生！」海鷗小姐急忙解釋。

奇怪，不是飛鼠介紹海鷗小姐來找我的嗎？

森林的外圍有椰子樹，如果我喝膩彩虹池的清水，就可以搖幾顆椰子下來換換口味。再往外走就是沙灘，大部分的時間我都在沙灘上來回移動，拿著一把磨得尖尖的樹枝當作魚叉和海鷗小姐一起捕魚，運氣好的話我捕到大魚，和海鷗小姐分食；運氣差一點，海鷗小姐多捕兩條小魚，和我分著吃。

晚上的時候，海鷗小姐蹲在我升起的篝火旁邊，歪著頭發問：

「人類好奇怪，什麼東西都要用火烤過。」

我笑著說：「因為我們的腸胃比較脆弱。」

海鷗小姐跳到我的肚子上問：「小生先生跟海龜先生一樣，最柔軟的地方都是腹部嗎？」

我比了比胸口說：「是心吧。」

「人類脆弱的地方真多。」

海鷗小姐說的好像也沒錯。

每天早上海鷗小姐都要我陪她看日出。

「這裡這裡，我的海龜先生會從太陽昇起的地方上岸。」

「妳怎麼確定不是從太陽落下的地方上岸？」

「那樣他會繞遠路，」海鷗小姐在我頭上逆時針盤旋了兩圈。

「海龜先生從來不會繞遠路。」

「為什麼呢？」我抬頭看著海鷗小姐。

「因為他光是走近路就比一般人久啊！」

我真欣賞海鷗小姐的幽默。

「還有他一定也和我一樣迫不及待。」

一個漂亮的滑翔，海鷗小姐落在海浪停止的地方。

日落的時候是海鷗小姐心情最低落的時候，因為這代表一天又過去了，她的期待又沉入海裡一天。每到這時候，她就會再次重複說一遍那個故事。

「有一次我捨不得夕陽那麼快沉到海裡，我就要海龜先生潛到海底把它撈上來。」

「結果他就要妳摘星星。」

「還沒還沒，你要問我有沒有撈上來！」

「該不會真的撈上來了吧？」

「當然沒有！」

「那妳一定很生氣！」

「超級！」

「真替海龜先生抱不平。」

「結果你猜怎麼著？他竟然要我去天上替他摘星星。」

「妳該不會真的摘到一顆星星吧？」

「當然沒有！但他叫我不要管，飛到天上就對了。等到我飛到天上，他叫我往下看，問我看到什麼。」

「結果妳看到了……？」

「我只看到海和他。」

「於是……？」

「於是海龜先生要我再仔細看看他四周，我才發現深黑色的海水映著一顆顆閃閃發亮的星星，然後他說……」

「有妳在我身邊，就像是把整片星空裝進海洋一樣美好的事情。」我們異口同聲地說。

「小生先生，我會不會真的沒辦法見到他了？」

海鷗小姐低著頭，我注意到一根雪白的羽毛靜悄悄地落在沙灘上。

「傻瓜，會見面的。」

火紅的夕陽又一次地沉到了海裡。

帕拉帕拉島，有著美得令人心碎的日出與日落。

在島上沒有別的人類，於是我的生活日漸放縱，頭髮不剪、鬍子不刮，原本穿去的衣服也越來越破爛，我在大石頭上畫記號，記錄著我來到這裡的日子，但我不知道什麼時候是盡頭。每多一筆，我的頭髮就長一些，海鷗小姐的身子也就相對虛弱了一點。

「等待」對我們兩個來說，都是一種考驗。

森林裡的動物們也都很替海鷗小姐著急，猴子說海龜先生一定改變心意了，其他的鳥兒則在討論海鷗小姐和海龜先生產下的蛋到底要放在鳥窩還是埋在沙灘。

「真是太亂來了，要我以後怎麼教小孩。」一隻打扮得花枝招展的鸚鵡媽媽尖聲地批評。

只有飛鼠夫婦依然保持著友善，只是有些過度熱心。

大約過了一年多的某一天，飛鼠夫婦興奮地把刺蝟先生帶到海鷗小姐和我面前問：

「怎麼樣？刺蝟也有柔軟的腹部呢！」

「可是他背上長滿了刺！我不能站在他背上。」

海鷗小姐高聲大喊！

隔了兩個月，飛鼠夫婦又找來了穿山甲先生：

「穿山甲身上沒有刺，考慮看看吧！」

海鷗小姐說：「可是他遇到危險會蜷成一團！」

飛鼠夫婦無奈的說：「海鷗小姐真是挑剔。」

海鷗小姐聽到後非常地難過，飛到我肩上說：

「為什麼他們就是不懂！」

我摸摸海鷗小姐的頭說：「因為你和海龜先生彼此獨佔。」

「對！因為我們彼此獨佔。」海鷗小姐開心地笑了。

總是有那麼一個人，有堅硬的背甲、有柔軟的腹部、有著別人也有的優點，但別人永遠無法取代。

因為你們約定，因為你們彼此獨佔。

因為我們約定，因為我們彼此獨佔。

海鷗小姐衰老得越來越快，等我的記號畫滿一塊大石頭的時候，海鷗小姐已經虛弱得無法飛行，我讓她住進我在彩虹池旁的小木屋，彼此最大的樂趣便是討論海龜先生住進來的樣子。

「其實這很公平，我為他放棄天空，他為我放棄海洋。」

海鷗小姐這麼說的時候，代表她有些動搖。

「這沒什麼，每個人總要為了對方改變一部份的自己。」

這時候我就會用再平常不過的語氣，支持她的決定。

「而且這是一個聰明的好辦法，」海鷗小姐強調。「我不用拔光羽毛，他也不用一定要把腹部交給我。」

我忍不住發問：「為什麼妳那麼想看他的腹部啊？」

海鷗小姐氣若游絲，卻語氣溫柔地說：

「因為那代表海面以下的全世界。」

他的腹部，代表的是海面以下的全世界。

「我交付最柔軟的羽毛，他交付最柔軟的腹部；我放棄天空，他放棄海洋；總要為了對方拆掉一部份的城牆，才能成為更完整的彼此。」

「我還是覺得最柔軟的地方是龜頭。」我非常認真地強調。

「你明明知道那不是重點！」海鷗小姐也會翻白眼。

一天晚上，海鷗小姐突然要我帶她到島的東邊賞月，大大的月亮剛剛升起半圓，掛在海面上，銀白色的月光灑在藍黑色的海面，鋪成一條通往月球的銀色通道。

突然，我在月亮的下方，看到另一個小小的半圓形黑影，我以為我看錯，趕忙揉了揉眼睛再看一次，黑影越來越大，朝岸邊靠近。

「海鷗小姐、海鷗小姐，妳快看！海龜先生來了！海龜先生終於來了！」

我興奮地用雙手捧起海鷗小姐纖弱的身子，把她舉得高高的好讓她能看見。

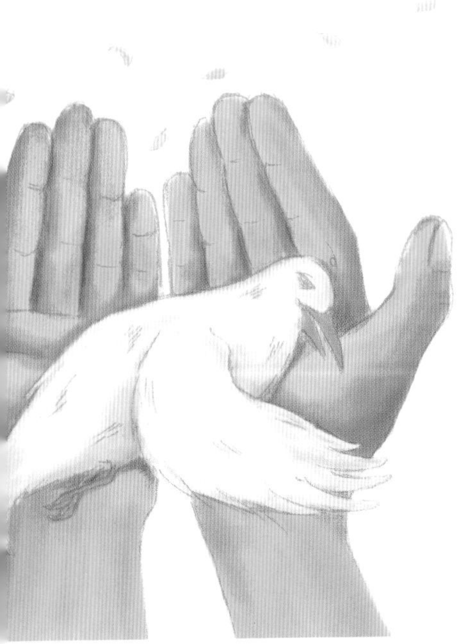

「海龜先生！！我們在這裡！！」

我一手抱著海鷗小姐，另一手奮力地朝月光下的黑影揮舞。

突然，黑影躍出水面，露出一條尾巴，在空中劃出一道漂亮的銀色弧線，再嘩啦一聲沒入黑色海中，那是地球上最壯美的景色，卻也是最令人心碎的聲音。

那不是海龜先生，那是一頭鯨魚。

這是地球上最壯美的景色，卻也是最令人心碎的一幕。

「小生先生……他快來了嗎？」海鷗小姐孱弱的聲音在風中微微顫抖著。

「來了來了……就快到岸邊了。」我抱著海鷗小姐，不停地替她梳理羽毛。不知怎麼地，羽毛越來越亂，視線越來越模糊。

「小生先生……再見……」海鷗小姐還是一樣喜歡自說自話。

「妳再撐一下，不要急著睡……」我越來越慌張、越來越慌張。

海鷗小姐不再說話，只是沉沉地睡去。

一根雪白色的羽毛，輕飄飄地被吹到夜空中，像是把整片星空裝進海洋一樣美好的事情。啊，我有點分不清海洋和星空了。

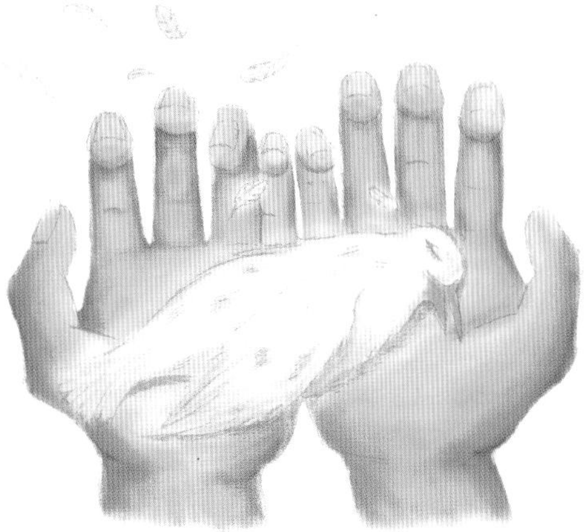

雪白的羽毛，輕飄飄地飄在夜空中，
像是把整片星空裝進海洋一樣美好的事情。

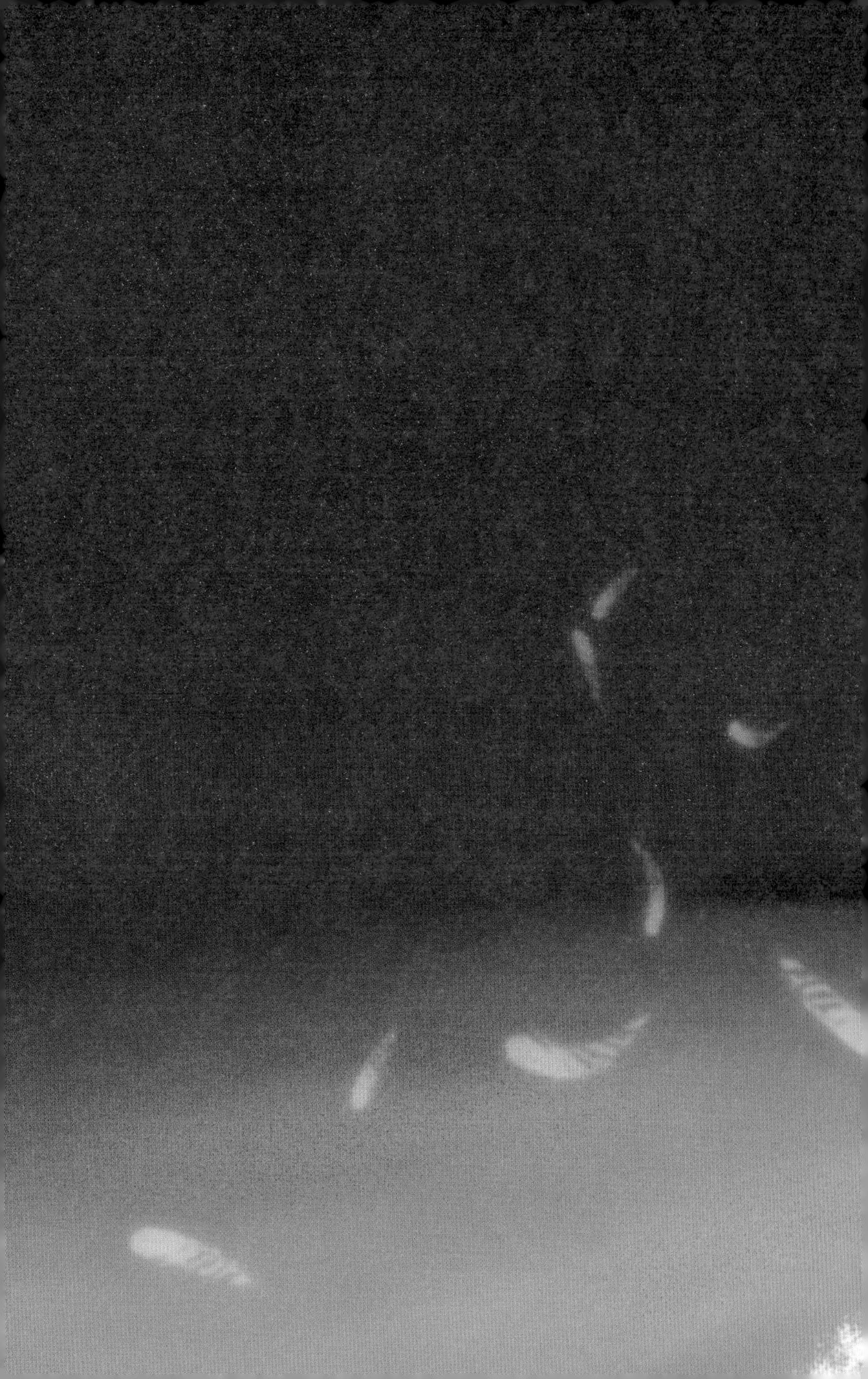

海鷗小姐最後還是沒能等到海龜先生，我履行對海鷗小姐的承諾，每天早上天還沒亮就獨自坐在海邊等日出，畢竟這是海鷗小姐放棄了羽毛、放棄了對天空的想望，我有替她完成的義務。

原來不知不覺間，我也和海鷗小姐達成了約定，為了海鷗小姐放棄了自由，獨佔著天空和海洋交界處的一座浮島。

我終於體會到，愛的真諦，是等待。

一定有那麼一個人，值得我們用一顆柔軟的心等待。

03 愛的真諦

這是一隻海龜
告訴我的故事

在帕拉帕拉島上待了兩年多的某一個再平常不過的早晨，我看到海龜先生從太陽昇起的地方慢慢地爬上岸。

「咳咳咳……你們人類製造的垃圾真是折騰死我了。」海龜先生一邊越過一波又一波的海浪，一邊向坐在岸邊欣賞日出的我抱怨。

海龜先生看起來至少有一百歲，龜殼上面有著漂亮的墨綠色紋路，身上披著幾條海帶，右前腳不小心纏到的塑膠袋讓他有點難走路。

這年頭海洋垃圾真是越來越多。

我走向前幫他把塑膠袋拿掉，上面印著某連鎖餐飲店的LOGO。

「相信我，你永遠分不清楚透明塑膠袋和水母的差別。」

海龜先生沒有停下腳步，我努力想像透明塑膠袋和水母在水底下是長什麼樣子。

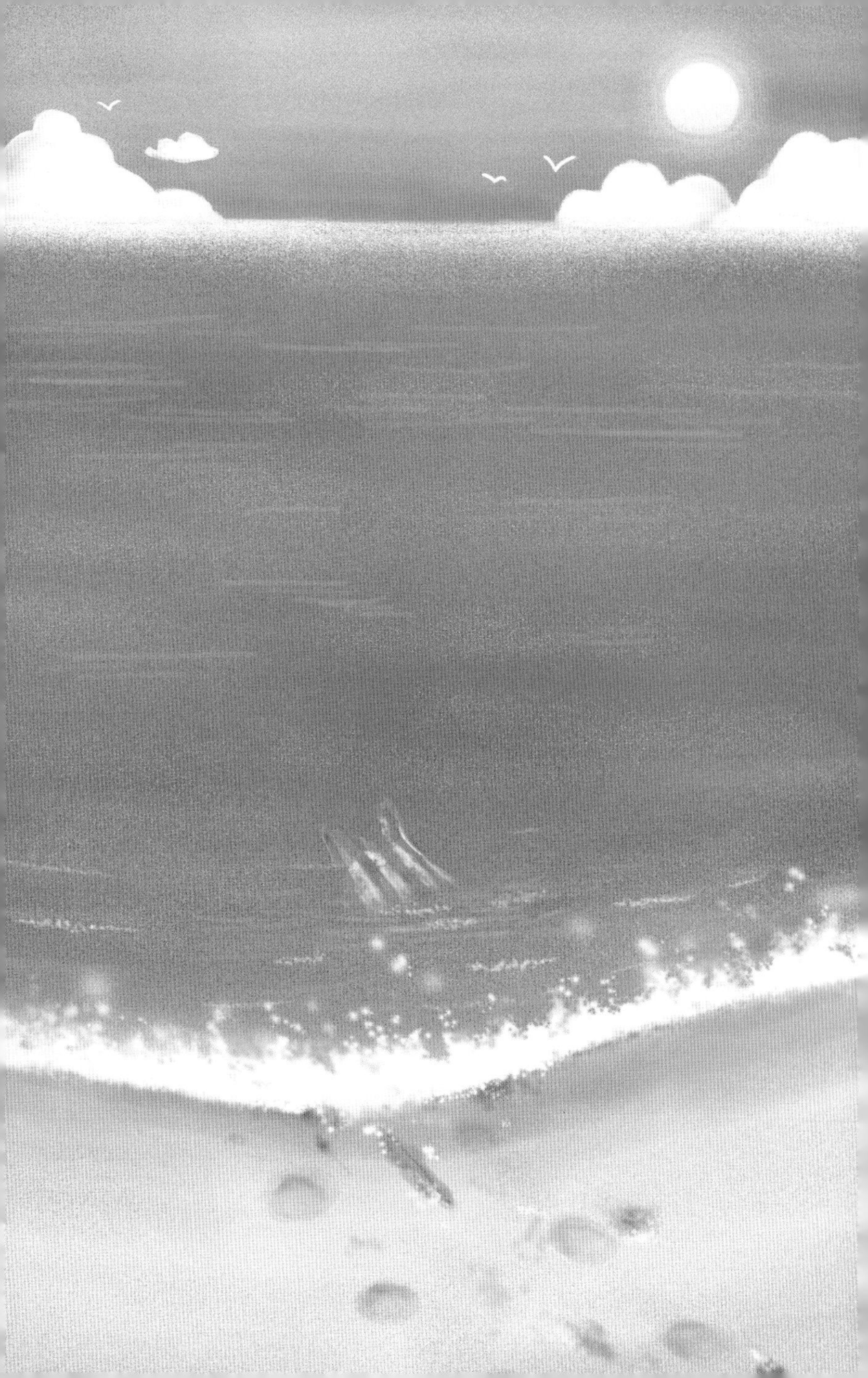

我們找了一塊視野極好的沙灘坐下，海龜先生才緩緩地抬起頭來看著我說。

「這麼說，你就是那個人對吧？」

「你看起來好像不怎麼驚訝。」

我看著海龜先生，海風吹亂了我久未修剪的頭髮和視線。

「噢，孩子，海龜什麼都知道。」海龜先生不疾不徐地轉過身，和我一起欣賞日出。

「海龜什麼都知道。」海龜先生又重複了一次。

我們望著海面，久久沒有說話。

太陽升到半空中的時候，我帶海龜先生到島上四處看看。

我親自摘了一顆椰子，讓海龜先生品嘗世上最好喝的椰子水，海龜先生看起來很喜歡；接著再帶海龜先生去森林裡認識飛鼠夫婦，他們說海龜先生是他們看過世上最英俊的海龜。

就我所知，他們根本沒看過別的海龜。

拜訪完飛鼠夫婦，我帶海龜先生來到森林中心的彩虹池，瀑布落下的地方有一道彩虹，看起來就像是瀑布的腰帶，池水也乾淨的可以看到水底的石頭，海龜先生讚嘆道：「就像她跟我說的一樣。」

我想起了和海鷗小姐一起聊天的日子，我想海龜先生會需要一點空間，於是讓他在池裡獨處一陣子。

傍晚的時候，我們走到西邊的沙灘欣賞日落。

「海鷗小姐真的有要你打撈夕陽嗎？」我望著海平線上只剩下半圓的火紅落日問道。

「我們都知道不可能撈得起來。」海龜先生瞇著眼，和我看向同一個方向。

「但那就像是把整片星空裝進海洋一樣美好的事情。」我接著說。

「對，就像是把整片星空裝進海洋一樣美好的事情。」海龜先生又重複了一遍。

「我和海鷗小姐生活在島上的期間，她每天都要和我說一遍這個故事。」

「真是辛苦你了。」海龜先生說。

傍晚的風很涼，一隻椰子蟹從我們面前爬過，在沙灘上留下細小的足印，但旋即又被海浪給弭平。我們只是靜靜地欣賞眼前的一切。永恆和剎那的交會。

「海鷗小姐在這裡的每一天，都充滿期待與盼望。」

我試圖找些能夠安慰海龜先生的話，也許他的沉默來自於悲傷。

海龜先生問我：「你還記得她離開前說的最後一句話嗎？」

我笑了笑說道：「當然記得，她說……」

「小生先生，再見。」

「說得好像還會再見面似的。」海龜先生笑了。

「這就是我們認識的海鷗小姐。」我也跟著笑了。

這一刻，是永恆和剎那的交會。

不知不覺間，夕陽已經沉入海中，只剩下瑪瑙色的雲和靛藍色的海，我升起了篝火，星星逐漸明朗起來，氣氛也漸漸變得溫暖。

「海龜先生，」我欲言又止。「你早就知道會見不到海鷗小姐了嗎？」

「你為什麼會來到這裡？」海龜先生反問道。

「因為我答應了海鷗小姐。」

「我也和你一樣。」

「但你早知道會有這樣的風險，就該把她留在身邊，而不是讓她獨自等待。」

「你還記得海鷗小姐和你約定時的表情嗎？」

「嗯……」

「你忍心讓那樣的表情難過嗎？」

「……」

我答不上話，如果忍心，我就不會在帕拉帕拉島上。

「沒有冒一點風險，怎麼稱得上愛。」

海龜先生的語氣平靜而穩定，好像那些波濤洶湧早已在來時的路上撫平了。

也許正是因為風險，才使得海鷗小姐的表情那麼讓人難以抗拒。

也許正是因為風險，才使得約定與獨佔那麼令人刻骨銘心。

「海鷗小姐說，我只要到這裡來就可以體會愛的真諦。」

「你體會到了嗎？」海龜先生徐徐地問。

我深吸了一口氣，對自己原本的信念有所動搖，陪著海鷗小姐在帕拉帕拉島上等待的日子，我們每一天都經歷了一次期待與道別。

「在島上的這段時間，我體會到愛的真諦就是等待。」

我想這也是海鷗小姐的體悟。

「很好的體會。」

「海龜先生覺得愛的真諦是什麼呢？」我望著海龜先生，心中有一點微小地晃動。

「對我來說，愛的真諦是動身。」海龜先生的雙眼看向很遠很遠的地方。

突然我意識到，我心中那點微小的晃動來自於海龜先生的平靜。怎麼樣的旅程，讓他在長達五年的旅途中變得不喜不悲？也許在海龜超過百年的壽命裡，五年只是一段可以虛擲的光陰；更也許，在海龜先生答應要動身的那一刻，他就承擔了所有的快樂與悲傷。

而海鷗小姐的表情，值得他堅定地前往。

「來這裡的途中你都看到了些什麼？」我突然很好奇海龜先生沿途看到的景色

「海鷗小姐。」

當然。

對我來說，愛的真諦是動身，
而妳的表情，值得我堅定地前往。

天上的流星一顆一顆地掉入海裡。篝火的火勢漸漸轉弱，我們陷入一陣很長很長的沉默，只剩燒成白炭的木柴偶爾劈啪幾聲激起一點星火，夜晚也累得漸漸睡去。

「你知道，鯊魚老大在海裡沒有朋友，除了我以外。」海龜先生沒來由的一句話，讓我想起了總是自說自話的海鷗小姐。

「因為除了你以外，大家都怕他。」

畢竟海龜先生有龜殼保護。

「不對，因為比起死亡，我們都更怕寂寞。」

「鯊魚老大一定會很想念你。」

「他會找到別的海龜，或是一條母鯊魚。」我們兩個都笑了。

「但我找不到別的海鷗小姐了。」

我第一次在海龜先生身上感覺到悲傷，一百年份的那種悲傷。

因為比起死亡，我們都更怕寂寞。

「幫我翻個身好嗎？我一直很想躺著看星星呢。」海龜先生說。

「海鷗小姐總是說，腹部是海龜最柔軟的地方。」我邊說邊動手幫海龜先生翻面。

「看來最後是我贏了，龜頭果然比較軟。」我摸摸海龜先生的腹甲，得意地說。

「我想她說的柔軟，指的是不設防。」海龜先生四腳朝天望著星空，把自己的重量完全託付給帕拉帕拉島柔軟的沙灘，彷彿自己是沙灘的一部份。

我好像看到海鷗小姐的白色羽毛，輕輕柔柔地被風托起，然後再緩緩地降落在沙灘上。

「小生先生，你有把最柔軟的地方交付給某人過嗎？」

海鷗小姐的聲音在我耳邊響起。

我好想念海鷗小姐，用盡整顆心的柔軟那樣的想念，海龜先生肯定也是。

「你接下來打算怎麼做？」海鷗小姐託付給我的使命達成了，我想我也沒有理由繼續留在島上。

「就這樣躺著看星星和日出日落其實也不錯。」

「你會死掉。」

我好像明白了海龜先生的平靜，也許是因為早就做好決定。

「傻小子，海龜可以自己翻身。」海龜先生噱了我一頓。

但我在百科全書上明明看過海龜不能自己翻身的說明。

我央求道：「那你翻一次給我看。」

海龜先生揮一揮手說：「海龜從來不為了向別人證明什麼而動身。」真是有個性。

「早上從東面揚帆出海的話海風方向正合適，謝謝你替我和海鷗小姐做的一切，你該踏上自己的旅途了。」

「這沒什麼，我是信守承諾的人類。」

我再次摸摸海龜先生的腹部，起身離開沙灘。

「這可是像海龜一樣的稀有動物。」他說。

我也滿欣賞海龜先生的幽默。

「再見。」

我和海龜先生像兩個剛喝完啤酒的男人一樣揮揮手，在星空和篝火餘暉下道別。

隔天一早，我鼓起風帆，讓洋流和海風帶著我去該去的地方，但我一直忍不住回頭眺望帕拉帕拉島，一隻海鷗和海龜放棄天空與海洋相約的浮島。

我想起當初來到這裡的原因是為了得到「愛的真諦」，但如今卻有些迷惘。

對海鷗小姐而言，愛的真諦是等待，因為她在帕拉帕拉島上的每一天，都經歷了一次期待與道別；對海龜先生而言，愛的真諦是動身，因為動身的那一刻，他就承擔了所有即將發生的快樂與悲傷。

愛的真諦究竟是什麼？

我想，是有一個人能讓你無限的柔軟，又無比的堅強。

我想起了海龜先生為了海鷗小姐的笑容而決定動身，海龜先生真是愛面子，明明就為了證明自己對海鷗小姐的愛而動身啊，竟然還對我說「海龜從來不為了向別人證明什麼而動身」這麼明顯的玩笑。

「哈哈哈，這逞強的老傢伙，我倒要看看他怎麼自己翻身。」海龜先生真的很幽默，連道別都要用玩笑當句點。

我躺在船上看著天空的雲朵，如果有天堂的話，海鷗小姐一定也在等著海龜先生，海龜先生一定會很肉麻的說：「有妳的地方，才算得上是天堂。」

帕拉帕拉島跟 Paradise 果然一點也不像。

我突然像是領悟了什麼似的，無法遏止地一直掉眼淚。

「海龜先生一個人果然無法翻身的吧！」我想馬上掉頭回去，但是洋流和海風太強勁了，我只能任憑海風把眼淚帶往該去的方向，眼睜睜望著帕拉帕拉島消失在夕陽落下的地方。

帕拉帕拉島，有著美得令人心碎的日出與日落。

我只能好好地把這一切收進最柔軟的地方。

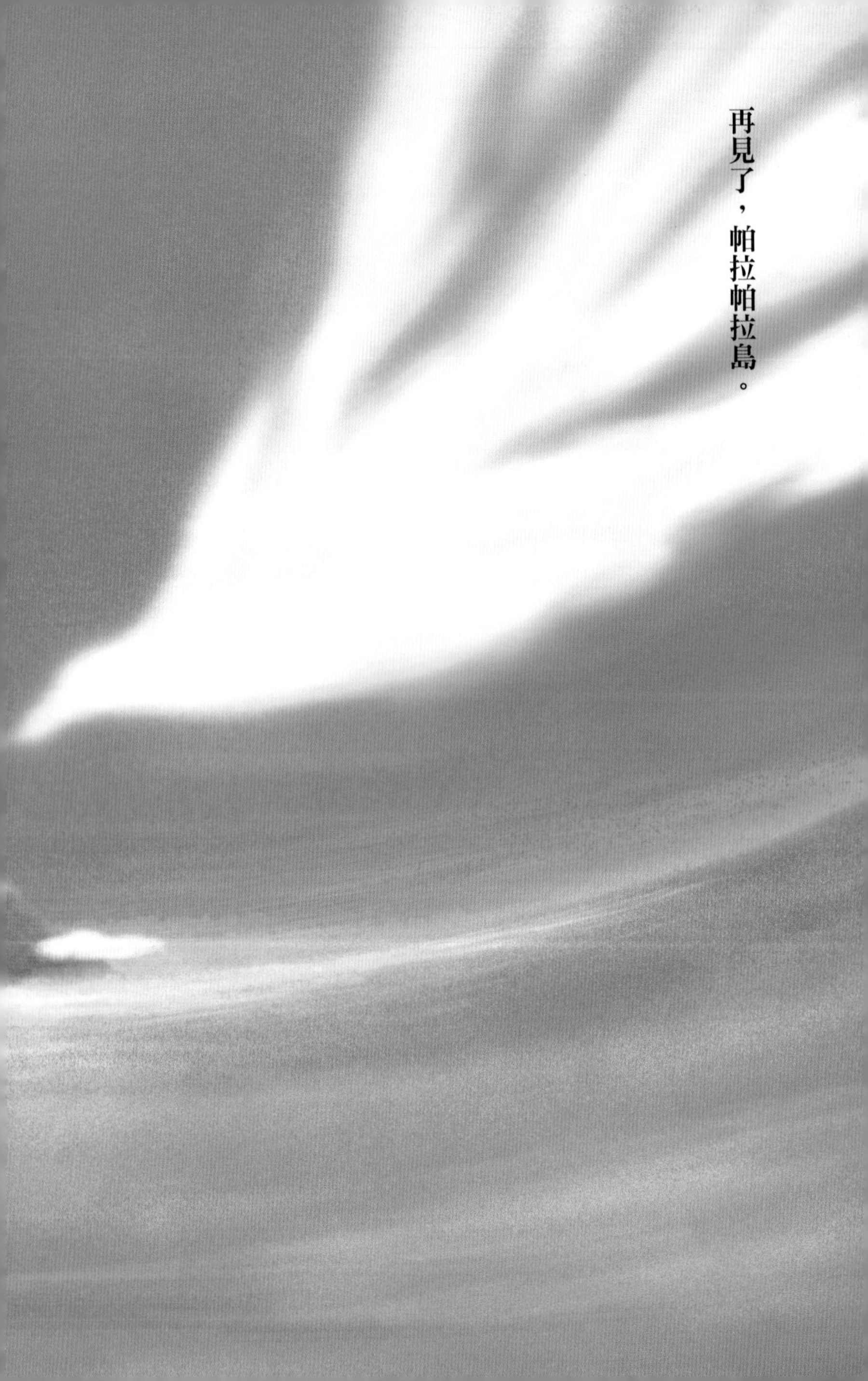

再見了，帕拉帕拉島。

再見了，海龜先生。

我會好好地把這一切收進最柔軟的地方。

國家圖書館出版品預行編目資料

於是，我們仍相信愛情 / 小生著. -- 初版. -- 臺北市：
春光出版：家庭傳媒城邦分公司發行，民106.08
面； 公分
ISBN 978-986-94595-5-6(平裝)

855 106012078

於是，我們仍相信愛情

作　　　者／小生
繪　　　者／Clean Clean
企劃選書人／張婉玲
責 任 編 輯／張婉玲

行 銷 企 劃／周丹蘋
業 務 主 任／范光杰
行銷業務經理／李振東
副 總 編 輯／王雪莉
發　行　人／何飛鵬
法 律 顧 問／元禾法律事務所　王子文律師
出　　　版／春光出版
台北市104中山區民生東路二段 141 號 8 樓
電話：(02) 2500-7008　傳真：(02) 2502-7676
部落格：http://stareast.pixnet.net/blog
E-mail：stareast_service@cite.com.tw
發　　　行／英屬蓋曼群島商家庭傳媒股份有限公司城邦分公司
台北市中山區民生東路二段 141 號11 樓
書虫客服服務專線：(02) 2500-7718 / (02) 2500-7719
24小時傳眞服務：(02) 2500-1990 / (02) 2500-1991
讀者服務信箱E-mail: service@readingclub.com.tw
服務時間：週一至週五上午9:30～12:00，下午13:30～17:00
劃撥帳號：19863813　戶名：書虫股份有限公司
城邦讀書花園網址：www.cite.com.tw
香港發行所／城邦（香港）出版集團有限公司
香港灣仔駱克道 193 號東超商業中心 1 樓
電話：(852) 2508-6231　傳眞：(852) 2578-9337
E-mail : hkcite@biznetvigator.com
馬新發行所／城邦（馬新）出版集團　Cite(M)Sdn. Bhd
41, Jalan Radin Anum, Bandar Baru Sri Petaling,
57000 Kuala Lumpur, Malaysia.
Tel: (603) 90578822　Fax:(603) 90576622
E-mail:cite@cite.com.my

封 面 設 計／林恆葦　源生設計
內 頁 排 版／極翔企業有限公司
印　　　刷／高典印刷有限公司

城邦讀書花園
www.cite.com.tw

■ 2017 年（民 106）8月 3 日初版
■ 2017 年（民 106）9月 8 日初版3.7刷

Printed in Taiwan

售價／350元

ISBN　978-986-94595-5-6

廣	告	回	函

北區郵政管理登記證
台北廣字第000791號
郵資已付，免貼郵票

104台北市民生東路二段141號11樓
英屬蓋曼群島商家庭傳媒股份有限公司
城邦分公司

請沿虛線對折，謝謝！

遇見春光．生命從此神采飛揚

春光出版

書號： OK0122　　書名：於是，我們仍相信愛情

請於此處用膠水黏貼

讀者回函卡

謝謝您購買我們出版的書籍！請費心填寫此回函卡，我們將不定期寄上城邦集團最新的出版訊息。

姓名：______________________

性別：☐男　☐女

生日：西元__________年__________月__________日

地址：______________________

聯絡電話：__________　傳真：__________

E-mail：______________________

職業：☐1.學生 ☐2.軍公教 ☐3.服務 ☐4.金融 ☐5.製造 ☐6.資訊

☐7.傳播 ☐8.自由業 ☐9.農漁牧 ☐10.家管 ☐11.退休

☐12.其他 ______________________

您從何種方式得知本書消息？

☐1.書店 ☐2.網路 ☐3.報紙 ☐4.雜誌 ☐5.廣播 ☐6.電視

☐7.親友推薦 ☐8.其他 ______________________

您通常以何種方式購書？

☐1.書店 ☐2.網路 ☐3.傳真訂購 ☐4.郵局劃撥 ☐5.其他 __________

您喜歡閱讀哪些類別的書籍？

☐1.財經商業 ☐2.自然科學 ☐3.歷史 ☐4.法律 ☐5.文學

☐6.休閒旅遊 ☐7.小說 ☐8.人物傳記 ☐9.生活、勵志

☐10.其他 ______________________

請於此處用膠水黏貼